KB131399

아름다운 사유
une belle pensée

이광호 04

일러두기
작가 특유의 문체를 지키기 위한 비문이 포함 되어 있습니다.

이광호 (李光浩)
1989. 12. 24 ~

-

〈당신으로 좋습니다〉
〈그 당시〉
〈사랑하고 있습니다〉

《숲 광장 사막》

《이 시간을 기억해》
《내가 나를 간직할 수 있도록》
《우리는 영원을 만들지》
《아름다운 사유》
《흰 용서》
《사랑의 솜씨》
《구원의 대답은 그럼에도》

1

2

사유(事由)	일의 까닭.
사유(思惟)	대상을 두루 생각하는 일.
사유(私有)	개인이 사사로이 소유함.

서문(序文) 1

나는 타인을 이해하고 싶고 세계를 이해하고 싶었다. 하지만 그보다 간절히 나를 이해하고 싶었다.

나는 자주 후회했고 금방 실망했다. 즐거움 앞에선 쉽게 흐트러졌고 슬픔 뒤엔 곧잘 무너졌다. 하지만 더 이상 그러고 싶지 않았다. 그때마다 반성한다며 너저분한 감정을 뒤적거리는 피곤한 일도 반복하고 싶지 않았다. 조금 더 완벽한 사람이 되고 싶었다.

그러기 위해선 알 수 없는 내 행동과 정리되지 않은 감정들을 분석하고 정돈해야 했다. '나를 공부함으로 내일은 크게 흔들리지 않을 것이다, 다음엔 더 잘 해낼 것이다.'라는 믿음으로. 어쩌면 나를 이해하는 것은 '나'라는 인간을 조금 더 알뜰하고 가치 있게 활용하고 싶은 마음에서 비롯된 것일지도 모른다.

그렇게 나의 흔적을 오랫동안 사색했다.

어떤 사건들은 인지할 틈도 없이 흡수되어 나의 사유(事由)가 되었고 어떤 사건들은 흔적도 없이 곧장 나를 빠져나갔다. 내가 할 수 있는 일은 사라지는 것을 추적하기보다는 남아있는 것을 기록하는 것이었다.

나의 아름다운 사유(思惟)이자, 아름다운 사유(私有)였다.

2019년 8월 이광호.

1

사랑의 정의

타인과 나 사이에 일어나는 설명되지 않는 모든 일을 설명하기 위해, 사랑이라는 단어가 태어났다고 적었다. '나는 그를 왜 생각하는가, 나는 왜 그가 보고 싶은가, 나는 왜 화가 나는가, 나는 왜 서러운가' 그리고 이런 것들을 분석하지 않고 그대로 두는 일을 낭만이라 했다. 인간은 어떤 현상이든 설명하지 못하는 걸 견딜 수 없어 하는 동물이라 한다. 하지만 우리가 가진 모든 정보를 동원해도 설명할 수 없는 현상들은 너무나 많다. 그러면 우리는 어떻게 해야 하나, 만능적인 어떤 개념을 만들어 내서라도 설명을 하는 수밖에. 이를테면 '신'이나 '기적' 또는 '사랑'과 같은.

지금의 나는 불과 몇 분 전 배웅해 준 친구가 벌써 보고 싶다. '방금 봤는데, 왜 또 보고 싶은가' 그동안 사람들이 밝힌 정보들을 활용하여 분석해보면 지금의 감정은 그 친구를 진실로 보고 싶은 것이 아니라, 생물학적인 호르몬의 운동. 혹은 나의 범위에서 사라져 버린 존재의 불확실성에서 오는 긴장감 등등으로 설명될지도 모른다. 하지만 보통 누구도 '보고 싶음'을 촘촘하게 이론적으로 뜯어가며 분석하지 않는다. 아니, 사실 완벽하게 분석되어 설명되지도 않는다. 분석되어 설명 가능하다는 것은 그 분석을 기반으로 통제를 할 수 있다는 말도 되는데, 지구 어디에도 보고 싶은 감정을 통제하고 조절하는 약도, 기술은 없지 않은가.

그래서 우리는 서로의 사이에서 일어나는 모든 미스터리함을 이해하고 설명하기 위해 '사랑'이라는 단어를 가지고 온다. 나와 너 사이에 '사랑'을 두어 본다. 이제부터 내가 너에게 느끼는 모든 것들이, 네가 나에게 하는 모든 것들이 '사랑' 아래 이해되고 허락된다. 그렇게 나와 너 사이의 모든 일이 사랑으로 물들어 가면, 비로소 너 자체가 사랑이 된다. 사랑은 사랑에 의해서 완성된다.

나는 생각한다. 만약 사랑하는 이와의 모든 일이 논리적으로 설명 가능해진다면 더는 '사랑'이라는 단어가 쓰일 자리가 없어지겠다고. '사랑' 어쩌면 가장 비논리적이고 비합리적인 미신의 이야기. 하지만 나는 믿는다. '사랑을 믿는 모두는 최고의 낭만주의자'라고.

사랑의 부속물

그와 함께했던 것, 그와 함께 하는 것, 사실 모든 것이 사랑. 실망, 질투, 의심, 외면, 그리움. 지난날 사랑이 아니라 부정했던 모든 것. 알고 보니 사랑의 녹 혹은 사랑의 허물. 그 또한 지금 존재하는 그와, 부재하는 그와 하고 있는 것. 사랑에 포함된, 사랑의 것들.

애도

헤어진 연인과 했던 약속을 지키려 했다. 누군가는 낭만이라 했고 누군가는 궁상이라 했다. 사실 연인과의 약속은 사귀고 있을 때나 유효한 것이기에. 하지만 내게는 그 무엇도 아니었다. 약속한 상대가 부재한, 유효하지 않는 약속을 지키는 일은 떠나고 없는 사람의 안녕을 빌고 지키지 못한 약속을 위로하는, 죽은 사랑의 자리에 꽃을 두는 일. 사랑의 애도였다.

동력의 고향

작업의 동력에 대한 질문을 받은 적 있다. 그리고 그때 나는 질문의 범위를 넓혀 모든 일의 원천은 '사랑'이라 답했다. 아마 내가 그렇게 대답할 수 있었던 것은 어머니의 가르침 때문이었을 것이다. 어머니와의 대화는 너저분하게 널려있던 동력들을 정돈하여 응집해 주고 내게 더 멀리 나아갈 수 있는 동력을 만들어 준다. 그녀가 내게 주는 동력은 하나이자, 두 가지.

첫째는 순수한 나의 사랑, 오로지 그녀를 위해 작용하는 힘. 두 번째는 그녀가 준 사랑의 반작용, 받은 사랑을 되돌려주고자 할 때 생기는 힘. 뉴턴이 그랬나 작용과 반작용은 힘의 크기가 같다고. 내 온 인생이 그녀의 큰 사랑을 받았으니 반작용하는 힘의 크기는 또 얼마나 클 것인가. 그럼에도 불구하고 그녀는 반작용하는 내 사랑보다 더 큰 크기로 사랑을 쉼 없이 주니, 나는 반작용할 기회를 잡지 못한다. 그렇게 내내 쉼 없이 거룩한 사랑만 주다 피곤해 잠들어버릴 그녀를 생각하면 속도를 내어 기회를 잡아야 하는 이유가 분명하게 생긴다.

나의 가장 오래된 친구이자 스승인 어머니. 그녀는 늘 당신의 교육이 잘 되었는지 의심하며 내게 묻는다. 어느 날은 내게 '유년기에 받은 상처가 무엇이냐' 물었었다. 당황스러운 질문이었지만 태연하게 그리고 노골적이지 않게 말했다. 그녀는 고개를 끄덕였고 나는 고개를 돌렸다. 나는 어머니에게 '당신의 걸음을 의심하지 말라고 당신의 결과물이 이렇게 떳떳하지 않냐'라고 웃었다. 하지만 그녀는 내가 아무리 자랑스럽고 멋있어도 당신의 실수로 내가 아팠을까 봐, 앞으로 힘들까 봐 걱정이라고 그게 부모의 마음이라 했다.

독립 이후 그간 받은 사랑을 조금이나마 보은하고자 찾은 그녀의 집. 서로를 의심하거나 설득하거나 비교하거나 요구하지 않던 대화. 단지 보고 싶다는 말에 참았던 그리움이 터져 찾아간 얼굴과 마음. 증명도 거짓도 공허한 위로도 응원도 없었던. 각자가 지낸 시간에 비어있던 서로를 채우는 대화. 나아가 즐거움으로 세우는 계획. 정성스럽게 주고받는 꿈. 대화, 소통, 교감. 내 사랑의 발아 환경. 이곳이 바로 내 동력의 고향.

"I love you, mom and dad"

열두 달의 이름

언제가 혼자 열두 달에 이름을 붙여 봤다. 마치 아주 오래 전부터 존재했던 이름인 것처럼.

1월은 모두가 희망을 가지는 희망월. 2월은 시작의 용기가 필요한 용기월. 3월은 준비된 것들이 튀어 올라 환희로운 환희월. 4월은 들뜬 마음을 가라앉힐 묵상월. 5월은 우주 만물이 조화로운 평화월. 6월은 1년의 절반, 모든 일과 감정의 균형이 필요한 균형월. 7월은 열정이 가득한 열정월. 8월은 자유가 허락되는 자유월. 9월은 사랑의 증거들이 드러나는 사랑월. 10월은 당연하지 않은 것들에 대해 감사한 마음을 가지는 감사월. 11월은 한 해를 온몸으로 겪은 모두에게 위로가 필요한 위로월. 12월은 온 마음에 묻은 미움을 씻고 웃기 위해 용서가 필요한 용서월.

이름 설명에 있어서 각 이야기는 각자에게 맡기기로 한다. 의미 없는 의미 부여는 대화를 풍성하게 만들고 풍성한 대화는 삶을 풍성하게 만드니까. 내가 희망월에 태어나 희망적인 것처럼.

최고 삶의 장치

그런 생각을 한 적이 있다. 세계에 존재하는 모든 것은 결국 우리 생에 주어진 시간을 즐겁게 보내기 위한 장치에 불과하단걸. 그러므로 우리는 이 장치들을 활용하여 아주 길고 지독한, 그리고 지겨운 시간들을 채워나가야 한다고. 영상을 보거나, 예쁜 카페에 가서 사진을 찍고, 맛있는 음식을 먹거나 책, 영화, 운동, 여행을 하며 그러기 위해선 또 돈을 벌거나 하면서.

그럼에도 우리의 삶의 시간은 너무나 길다. 수많은 재미 장치들을 향유하지만 쉽게 질리거나 재미의 지속에 대해 한계를 느낀다. 아마도 우리가 일상에서 쉽게 느끼는 허무함의 이유가 아닐까 싶다. 그래서 어쩌면 우리는, 본능적으로 가장 유효기간이 긴 재미 장치를 찾는지도 모른다.

'사랑'이라는 재미 장치.

사랑이라는 재미 장치는 지독하게 지겨운 우리들의 시간에 잠시 즐거움을 넣어주는 것이 아니라 우리의 시간을 송두리째 들어 올려, 즐거움이 가득한 새로운 층으로 옮겨 놓는다. 즐거움이 가득한 곳이기에 모든 일상에는 즐거움이 묻는다. 또, 모든 즐거움은 쉽게 끝나지 않고 내일, 다음, 미래까지 계획되어 즐거움의 유효기간은 끝도 없이 늘어지기도 한다.

모든 일상을 즐거움으로 만들고 나아가 이 즐거움을 끝간데 없이 늘릴 수 있는 가능성을 가진 유일한 삶의 장치. 사랑. 우리는 이번에야말로 나의 길고 지겨운 시간을 맡길 사랑이라 믿으며 사랑을 시작하려 한다.

사이와 관계

'사이'와 '관계'의 차이점에 대해 질문을 받았다. 글 쓰는 사람이라면 단어의 의미를 일일이 꼬집고 따져보는 버릇이 아무래도 좋은 것 같지만 요즘은 참, 글자에 얽매이는 일을 하고 싶지 않다. 일일이 다 따져보는 일은 참 예민해져야 하는 일인데, 예민해지는 일은 또 너무 피곤하기 때문에. 그럼에도 글 쓰는 사람이라면 피할 수 없는 일. '관계'에 대해 먼저 생각해본다. 보통 어떤 무엇으로 관련되어 맺어진 사람들. 무형의 끈으로 꼭 연결된. 이어서 사람과 사람의 사이를 생각해보는데 '사이'라는 것은 사람과 사람이 존재한다면 어쩔 수 없이 만들어지는 공간 같은 것이다. 그러니까 어떤 끈이 없어도 무엇을 하려 하지 않아도 두 사람의 존재 자체만으로 만들어지는 것. 그렇게 일일이 따져보니 '사이'는 어떤 두 존재를 연결하는 것이 아니라 사람과 사람이 존재했을 때 태어나는 새로운 존재인 것이었다.

어느 날은 한 번에 많은 사람들과 사이를 만든 적이 있었다. 사람들과 나란했거나 마주했고 멀었거나 가까운 사이였다. 또 누군가와는 이야기를 나누거나 눈빛을 피하면서 우리의 사이를 좋은 사이로 만들거나 어색한 사이로 만들기도 했다. 그런 하루를 보내고 홀로 집에 돌아왔을 땐 적막함이 괜히 나를 놀리며 몸을 관통해댔는데 그때의 헛헛함을 이제는 조금 알 것 같기도 하다. 그렇게 많은 사람과 만들었던 '사이'가 사라져서, 상실감에 허무하기만 해서.

여전히 가시질 않는 상실감에 몇 번이나 가까웠던 사이의 사람을 생각한다. 그 사람과 나. 그 사람을 떠 올림으로 우리는 다시 둘이 되고 그와 나의 사이가 만들어진다. 그때와 다른 또 새로운 사이. 어디 있는지도 모르는 사람과 나의 거리, 거리와 거리의 공간, 깊이. 한참을 그와의 사이를 걸어보다가, 문질러보다가. 지금의 사이를 무슨 사이로 이름 붙여야 하나, 오래오래 생각했다.

동행

'참 많이 싸웠지'하면서 또 싸우고 사과하고 또 싸운다. 잘못과 오해, 이해, 문제, 화해. 끊임없이 반복된다. 그 과정 속에서 배운 것이 있다면 무엇이 반복되든지 나는 지금 옆 사람과 무엇을 하고 있다는 것. 그리고 앞으로 할 수 있다는 것. 싸움도 화해도, 키스도. 지난 사랑의 방점은 늘 '무엇'에 찍혀 있었지만 이제 집중하는 쪽은 '사는' 쪽이다. 함께 세상을 살면서 배우는 것. 이야기하는 것. 그러다 다투는 것. 다시 화해하는 것. 그렇게 함께 사는 것.

삶의 조형

우리는 늘 선택의 순간을 마주하고 순간의 선택으로 다시 삶의 이름을 새롭게 정한다. 그만큼 선택은 중대하고 그렇기에 우리는 선택 앞에서 늘 나약해진다.

나약함 속에서 우리는 진정 우리가 원하는 것을 분별하지 못한다. 번거로움, 두려움, 현실적 상황, 트라우마 숱한 이유들로 우리의 진실 된 마음은 혼탁해지고 선택은 주저된다.

하지만 우리의 한정된 삶 속에선 무엇도 무기한 연기를 이룰 수 없음으로 우리는 어떠한 선택이든 기어코 하게 된다. 그렇게 각자의 삶의 모양은 조금씩 잡혀간다. (2019)

* 이광호 〈파도를 일며〉 음원 앨범 소개 中에서.

노력의 시작

떠나는 여자에게 손을 뻗어 잡지 못하는 내 모습을 보고 '만들어지지 않은 손'이라는 시를 썼다. 그리고 내가 그간 관계에 있어서 노력을 한 적이 없다는 것을 알게 되었다.

한 번의 이별 후 재회했던 여자가 "당신은 내가 헤어지자고 했을 때, 잡지도 않았잖아?"라고 말했던 적이 있다. 하지만 당시에 '다시 생각해봐, 너 후회 안 할 수 있어?'라고 줄기차게 말했던 나는 얼마나 억울했던지. 지금 생각해보면 그녀의 입장에선 나의 그 건조했던 말들이 얼마나 야박했을까 싶다. '가지 마'라는 언어의 손으로 잡지도 못하고 '다시 생각해봐'라는 팔만 줄기차게 흔들어 댔으니 얼마나 어이없는 배웅이었겠는지.

이런 나의 반성문을 지난 여자들이 본다면 '드디어 네가, 네 문제를 알았구나'라며 속 시원해할까, 아니면 정말 내가 노력한 적이 없었다는 사실에 분하고 억울해할까. 최근 연초에서 궐련형 전자담배로 바꾼 것은 반성 끝에 시작한 나의 아주 사소한 '노력' 중 하나. 애연가를 자처하는 나는 담배 냄새를 질색하는 여자들에게 그저 웃고 말았고 궐련형 전자담배를 사줄 테니 노력해보라는 여자에게도 '그건 담배가 아니야'라는 식으로 노력의 자세조차 취하지 않았었기에. 최근 아기 상어만 좋아하는 조카의 관심을 끌기 위해서 갖은 노력을 하는 어른들을 보며, 나는 참 가야 할 길이 멀다고 느낀다. 도대체 누가 사랑은 '노력'이 아니라고 했나. '노력'의 시작이야말로 사랑인 것인데.

의지의 조건

올해 겨울이 얼마나 추웠는지 작업실 난방비가 제법 나왔다. 따듯했던 겨울에 지불해야 될 대가가 크고 앞으로도 따듯하고 싶지만, 그 또한 녹록지 않다.

지난 식사 자리에서 느닷없이 어머니가 '언제 어른 될래?'라고 물으셨다. 서른이 된 내가 어린애 같아서 그런 말을 한 것이 아님을 알고 있다. 저물어가는 요즘의 어머니에겐 '아들'도 좋지만, 당신이 의지할 수 있는 '어른'이 필요한 것이다. 한동안 나는 어른이라 착각했다. 어른이 된 줄 알았다. 담배와 술이 허락돼서, 어른들과 견줄만한 정보를 습득해서, 스스로 월세와 난방비를 감당해서, 부모님께 용돈을 드려서, 운전을 해서, 지위를 얻어서, 존경을 받아서. 하지만 그렇다고 해서 어른이 되는 것은 아니었다.

나는 여전히 그리고 간신히 내 몸 하나 건사하고 있다. 그 누구가 의지할 수 있는 무엇이 되지 못한다. 나는 여전히 연약하고 위태로워 누군가 내게 기댄다면 그대로 무너질지도 모른다. 적어도 내가 생각하는 어른은 이렇다. 당신의 사람들이 마음을 의지하고 몸을 기대도 무너지지 않는 상태. 나이와는 무관한. 자라면서 제법 '어른스럽다.'라는 말을 들어왔고 그때마다 이유 없이 뿌듯했는데 이제는 안다. '어른스럽다.'는 '의지할 수도 있겠다.'에서 오는 표현임을.

이젠 나도 힘들어하는 내 사람들의 안식처가 되고 싶다. 사랑하는 사람들의 무엇이 되고 싶다. 나는 이제 어른이 되고 싶다.

이해의 근거

사람들은 겪어 봤기에 충분히 이해할 수 있는 것들을 경험해봐서 안다며 더 분석하고 치밀하게 계량하기만 하고 이해는 못 한다. 아니 안 한다. 그런데 또 전혀 경험해 본 적 없는 것들은 '그럴 수도 있겠다' 하면서 너무 쉽게 이해하는 것만 같다. 아무리 생각해도 그건 이해가 아닌 것 같은데 사람들은 이해라고만 부른다.

시대의 놀이

사진은 하나의 놀이 같은 거지. 예쁘게 찍혀서 좋거나, 예쁘게 찍어서 좋거나.

한 해의 끝에서

분주하게 나를 셈하는 요즘, 지난번 들었던 말이 기억난다. '국가 경제 성장률이 3퍼센트인데 네가 4퍼센트라도 성장했으면 국가보다 잘 한 거다, 대단한 거다.'라는 말. 언젠가 이맘때쯤 서 있기도 힘든 세상이라 나아가지 못했지만 물러서지도 않았던 나를 위로하고 기억했던 적이 있다. 그리고 2019년이 지나는 오늘, 또 나를 그렇게 위로하고 기억한다. 내가 어디 서 있는지 묻는 사람 앞에서 위치가 그대로라고 좌절하지 않는다. 분명히 나는, 내가 서 있는 세상을 더 익혔고 나의 두 다리 근육은 더 단단해졌다.

오늘 화면에서 올 한 해, 삶에 개근한 자신을 칭찬해 주는 글을 봤다. 그가 고맙다. 그가 말하는 삶의 개근이 당연한 것이 아님을 알기에. 그리고 그 반대의 이야기가 정말 먼 이야기가 아님을 알기에. 내가 적었던 것 중 최근 칭찬받았던 구절을 생각한다. '그냥 존재해, 모든 시작은 존재에서부터'

함께를 위하여

나보다 더 나아가 있는 형님이 그랬다. 광호 씨가 만나는 분을 책임져야 한다는 생각을 버렸으면 좋겠다고, 자신도 그런 생각이 가득했었는데 버리고 나니 속 안에 열이 내리고 비로소 고요해졌다고. 당시에는 무슨 말인지 이해는 했지만 깊이 와닿지는 않았다. 아니, 내가 깊이 넣어두지 않았을지도 모른다. 내가 사랑하는 여자의 행복을 책임지는 것이 최고의 멋이자 가치이고 그것을 내려놓는 일은 멋과 가치를 잃는 것이라 생각했을테니까.

오랫동안 나란히 걷지 못한 연애를 했었다. 나는 어떻게든 앞장서서 사랑하는 이를 견인하거나 뒤에서 밀어주는 역할을 했어야 했다. 그러다 혼자 넘어지면 몰래 치유했고 아무 일 없었다는 듯 일어서곤 했다. 그렇게 오랫동안 혼자 힘들고 지치고를 반복했다. 오랫동안 같은 자세로 온 힘을 다하다 보니 쥐가 나버린 걸까, 나는 더 이상 사랑하는 이를 끌어 줄 힘도 밀어 줄 의지도 남아 있질 않았다. 가끔은 사랑하는 이가 밉기까지 한 적도 있었다. 그렇게 사랑하는 이를 포기하는 데까지 얼마 걸리지 않았다.

이런 식의 착각은 항상 내 연애에 있어 이별을 유발했다. 지난 어느 시절, 한 여자에게 내 삶의 모든 시간을 계획한 적도 있었다. 여자는 그 사실을 몰랐고 나 혼자 조용히 계획을 세웠다. 프로포즈가 우선이었기에 반지를 알아봤다. 알아보면 알아볼수록 여자에게 좋은 것을 해주고 싶은 마음이 커졌고 며칠 동안 까르띠에 다이아 반지만을 생각했다. 하지만 나는 그럴 돈도 능력도 없었다. 스스로 내내 한

심했고, 좌절했다. 이상적인 다이아 반지와 지금의 현실 사이. 살 수 없음의 그 간극에서 오는 괴로움이 나를 또 넘어뜨렸다. 여자는 다이아도, 까르띠에도 생각조차 없었는데. 무슨 방어기제가 발동된 건지 얼마나 어리석었던 건지 나는 그런 식의 반복되는 간극을, 거리를 여자와 나의 차이로 둔갑시켰다. 그리고 끝내 그 여자와는 이별을 하게 됐다. 아니 이별을 했다. 지금 생각해보면 그녀는 언제나 작은방에서라도 밀감이든 대추든 나와 함께 먹는 삶을 바라왔다. 하지만 우리가 이별하게 된 것은 굳이 함께가 아니어도 그녀에게만큼은 휴양지와 망고를 주고 싶었던 내 욕심과 고집 때문이었다.

훈수는 9단이라고 했나, 멀어져서 바라본 당시의 나는 얼마나 어리석고 우스운지. 사실은 책임을 져야 한다는 생각도, 값비싼 것들을 주고 싶은 마음에도 여자는 없었는지도 모른다. 그저 내가 착각한 멋있는 남자가 되고 싶은 나뿐이었을지도.

최선의 종교

지나치게 기대한 것이 무산됐을 땐, 다른 곳에 힘을 쓰라고, 그 자리는 내 자리가 아니었다고 이렇게 생각하고 지낸 지가 너무 오래된 일이라. 가끔 굴러떨어진 수렁의 바닥이 내 자리인가 생각이 드는데 깊은 바닥에서 다시 올라오는 방법은 긍정의 뿌리들을 잡는 것뿐이라고. 언제나 희망적일 것이라는 믿음은 내가 희망월에 태어난 덕이라고 내 탄생에 의미를 두는 사소한 일은 미신이라기보단 자신이라 적는다.

귀여움의 가치

우리는 모두 연결되어 있어, 서로의 상호작용으로 존재의 가치를 매긴다. 그렇기에 잠재적으로 누가 나의 적이 될지, 아군이 될지, 끊임없이 피아식별하기도 하고, 또 타인에게 안 좋은 평을 받게 될지도 모른다는 불안을 항상 가지고 살아가기도 한다. 그래서일까, 나는 항상 감각을 곤두세워 경계를 했고 오랜 긴장은 너무 쉽게 나를 피로하게 만들었다.

이런 나의 피로를 존재만으로 풀어주는 것이 있다. '귀여운 것' 귀여운 것들은 항상 나의 경계대상에서 제외된다. 같은 말이지만 그들은 나를 무장해제 시킨다. 귀여운 것들은 꼭 '나는 피곤한 관계, 그런 거 몰라요.' 하는 표정들을 하고 있어서. 그런 표정은 도무지 나를 도구로 이용할 것 같지도 나를 해할 것 같지도 않다. 아무런 피곤한 과정 없이 나의 적 아닌 존재를 발견했다는 사실만으로도 나는 오랜 긴장이 풀리고 그간 경계로 피곤했던 마음은 휴식을 갖는지도 모른다. 나를 안심시켜주는 그들은 언제나 반갑다. 마음은 이미 전속력으로 그들에게 달려가고 있다.

여러 가지 사건들로 몸과 마음이 피곤해질 때로 피곤해졌던 공항에서 애견 캐리어 밖으로 머리를 빼꼼 내밀며 하품하고 있는 강아지를 보는 지금이 그렇다. 정말, 귀여운 게 제일이구나 싶다.

겸손한 섹시미

가까운 형이 내일 백패킹을 위해 짐을 꾸리고 있다. 전문 아웃도어인으로 불리는 형인데도 늦은 밤까지 백팩의 무게가 10킬로가 넘는다며 어떻게 무게를 줄여야 할지 고민을 한다. 나는 소파에 누워 10킬로가 넘으면 왜 안 되냐고 물었고 형은 20대 때는 몰라도 요즘의 자신이 감당할 수 있는 무게는 10킬로라고 했다.

자신이 감당할 수 있는 무게를 아는 것. 대단하게 느껴졌다. 그러니까 오랫동안 백패킹을 다닌 경험으로 자신의 무게를 찾은 것이다. 많이 해 봤기 때문에 아는 것이다. 거기에 더해서 '20대 때는 몰라도'라는 말은 변화하는 자신을 인정하고 그에 맞게 자신의 무게를 새로이 설정했다는 것이다.

지금 자신이 감당할 수 있는 무게를 아는 것. 과거에 얼마나 많이 했어도 알 수 없는 것이다. 현재까지 꾸준히 했기에 알 수 있는 것이다. 자기 자신을 잘 아는 사람은 왠지 좀 겸손한 섹시미가 있다.

잘못에 대하여

사람이 지나치게 많고 좁은 곳에선 내가 급하다 해서 빨리 걷거나 여유롭다 해서 느리게 걸으면 누군가의 발을 밟거나 진로에 방해가 되어 민폐가 되기 십상이다. 그러므로 우리는 그들과 속도를 같이 한다.

사람이 넘치고 좁디좁은 이 도시에서 우리가 우리의 속도를 잃어버리는 것은 사실 우리의 잘못이 아니다.

자기 파괴의 기원

모두 싫어하는 사람들 한두 명씩은 꼭 정해두는 것 같다. 그게 없는 사람들은 자신을 싫어하는 것 같기도 하고. 하긴 자기 자신이 제일 만만하기도 한 것 같다.

주변의 아군들

예전엔 시집을 오래 봤는데 요즘엔 몇 시간 만에 다 읽는다. 이해하려 하지 않고 그저 읽는다. 무릎을 치기도 하고 주름을 만들기도 하며 금방 읽는다. 그리고 잘 가지고 있는다. 시는 오래 본다고 몇 번을 본다고 이해되는 게 아니라고 이해되는 때가 있다고 하더라. 그래서 굳이 이해하려 들지 않는다. 다 읽은 시집은 책들 간에 기대어 두거나 아무 데나 올려두거나 한다. 그렇게 두었다가 내 안에 두려움과 싸울 때면 다시 아무 시집을 꺼내 읽는다. 함께 싸울 아군을 모으는 일이다. '함께 싸울 아군 여기 있다'라며 손들고 있을지 모른다. 그래서 오늘도 시집을 읽는다.

예언가들

기어코 나의 주장을 접으며 희망 하나를 포기했을 때, 짜증이 나는 건 '것 봐라, 내가 뭐라 그랬냐, 너도 결국 똑같다.' 라며 거들먹거리는 사람 때문일지도 모른다.

세밀하게는 그의 오만함이 불쾌하기보다는 결과만 논하며 다 똑같다고 치부해버리는 것이 치열하고 뜨거웠던 나의 긴 시간들을 부정하게 만들고 과정으로 인해 얻은 나만의 귀한 결실들을 하찮게 만들어 버려서 그런 것일지도 모른다. 물론 내가 밤새 뒤척이며 닦은 고민과 눈물 또한 그 역시 경험했을지도 모르지만 그 또한 그의 것과 나의 것은 분명 다르다. 느낀 점도 배운 점도. 설령 그와 내가 같다면, 우리가 얻어낸 것들이 같다면 그는 과정을 생략하며 말하지 않았을 것임을 안다. 어쨌든 그럼에도 오만하게 내 생에 대해 계속 예언을 한다면 나 또한 모두를 신랄하게 예언할 수 있다.

"내가 아는데, 우리가 하고 있는 모든 것들은 아무리 열심히 해봤자 언젠가 소멸할 것이고 우리 또한 그보다 빠르거나 늦게 늙고 소멸할 것이라는걸."

삶의 모든 과정은 무시한 채 삶의 결과만 이야기하면서 시대의 예언가처럼.

무늬와 얼룩

'너는 멋을 너무 좋아해'라는 친구와 '그치, 멋없으면 무슨 의미가 있어'라는 친구가 있다. 두 친구는 나의 균형을 잡아주고 나는 그 감각을 기억하며 또 멋을 부린다. 폼, 멋, 간지, 아름다움, 미학. 더 이상 질문하지 않는다. 멋은 무엇이고 실용은 무엇, 허세는 무엇이고 예술은 또 무엇인가. 멋에 대한 질문을 끊은 것은 그간 내 멋에 대한 질문이 바쁘게 눈치를 살피는 것에 지나지 않았기에.

더 이상 나는 내 안에서 발아하는 멋을 창피해하지 않고 외부에서 유입되어 오는 멋만을 자랑스러워하지 않는다. 표현을 아끼지 않고 부끄러워하지 않는다. 멋에 대한 정답이 없으니 잘못도 없다. 잘못이 없으니 나는 더욱 자신감 있게 몰입할 수 있다. 오로지 제멋만이 고고하며 타인의 멋과 평가가 보잘것없다는 말이 아니다. 우리는 어떻게든 어울려 살아가고 어떤 형태로든 소통하며 소통을 통해 가치를 인정받고 증명한다. 그렇다면 나는 어떤 자세로 어울려 살아가고 무엇으로 소통하며 무엇으로 인정받고 증명할 것인가.

정녕 제멋에 사는 것은 병인가, 공감되지 못하는 멋들은 놀림거리인가. 나는 그저 순간의 멋있는 선택들로 멋있는 무늬를 만들고 남들이 얼룩이라 한들, 내 무늬를 인정해주는 사람들과 사랑을 하며 그들과 어울려 새로운 무늬를 만들어, 함께 그려간 무늬들을 보며 뿌듯하고 싶다.

겸손의 효용

종종 편집자로서 편집을 위해 작가가 보내준 원고를 읽으며 작가와 협의한 범위 안에서 문장을 지워 보거나 덧붙이고 새로운 구조를 제안하거나 글 전체의 완성도를 저해하는 글 삭제 요구를 위해 포스트잇을 붙인다. 아주 경솔하게. 무례하지만 이것이 나의 일이고 작가와의 약속.

오전에는 이렇게 실컷 경솔했다가 오후가 되면 꼭, 가라앉는 모든 것들이 내 오전에게 물어온다. '너의 경솔함으로 인해서 오히려 작품이 훼손되고 있는 거 아닐까, 오히려 고치기 전의 분위기가 더 사람들이 원하는 것 아닐까, 네가 작가의 집필 컨디션을 망치는 것은 아닐까, 네가 작가의 의도를 다 파악할 수 있는가, 너는 자격이 있는가, 너는 떳떳한가, 너는 너는 너는.

요즘엔 이렇게 오전이면 늘 한껏 경솔했다가 오후가 되면 다시 살뜰히 겸손해진다. 겸손. 내가 좋아하는 평론가는 겸손을 혐오한다고 하지만 나는 그와 생각을 달리한다. 위선에 초점을 맞춘 그의 논리는 참 단단하게 섰지만 나는 겸손이라는 손은 밖이 아니라 안으로 뻗었을 때 유효해진다고 생각하기에. (갸손이 아니라 겸손인 것, 두 손이 밖이 아니라 안으로 내어진 것에도 이유가 있지 않을까.) 그러니까 내 말은 타인과의 상호작용을 위한 겸손이 아니라 자신을 성찰하기 위한 겸손을 말 하는 것이다.

빈번하게 머리에 달리는 오후의 느낌. 나는 이 느낌을 잊지 않고 잃지 않기로 한다. 어느 순간에도.

지워내는 일

오늘은 몇 자를 썼는가, 매일 쓰는 것이 중요하다고 매일 적어내는 것은 아닌가. 그럼에도 매일 쓰는 것이 중요하다면 오늘은 몇 자를 지웠는가 쉽게 문장을 마치는 것은 매일 쓰는 일에 포함되어 있는 과업인가.

버릇을 바라며

잘못은 고쳐야 한다는 말에는 모두가 동의한다. 하지만 고쳐내는 속도는 모두가 다르다. 급하게 또는 천천히 급한 사람들은 빨리 바꿔야 함에 세게 말하고 빨리 바꾸는 것도 좋지만, 세게 말하는 것이 싫은 사람도 있다. 천천히 바꾸고 싶은 사람, 알아서 바뀌겠지 하는 사람도 있다.

오랜 책에서 배우던 걸 체감한다. 좋은 현상이라 생각한다. 다만 서로를 아프게 하지 않았으면 한다. 이견이라는 단어의 쓸모가 사라지지 않기를 존중의 태도가 모두의 버릇이 되기를 바라며.

무료한 상상

가끔 지루할 때면 친구들과 로또 이야기를 한다. '로또 당첨되면 곧장 뭘 할 거고 어디를 갈 거고, 뭘 살 거다.'라는. 이런 식의 상상은 늘 상상만으로도 좋다. 그러다가도 이제 정신 차려야지라거나 철 좀 들자 하게 되는데, 가만 생각해보면 상상 '만으로도 좋다'라고 연신 말하면서 뭘 정신 차리고 무슨 철을 들어야 하는지.

어느 것 하나 더할 필요 없이 '그것' 하나만으로도 좋을 수 있는 건, 얼마나 절약적이고 훌륭한 재미 요소인데 말이다.

"추워- 추워-"를 입김처럼 내뱉으면서 '오늘 같은 날, 방에 불 뜨끈하게 올리고, 겨울은 문 앞에 세워 놓은 채, 귤 까먹으면서 뒹굴뒹굴 영화를 보면 크-'

귤도 없고 뒹굴뒹굴 구를 만큼 너른 방도 없지만 잠시나마 나는 즐거울 수 있다. 돈 하나 안 들이고 무료로. 이런 상상. 맹맹하기만 한, 내 하루를 얼마나 맛있게 만들어 주는 재료인지. 그리고 혹시 누가 아나, 상상이 현실이 될지.

나를 위한 일

'일하는데 굳이 사명감을 가져야 할 필요가 있나?'라는 라디오에서 흘러나온 말이 나를 생각하게 한다. '일하는데 사명감이 왜 필요할까, 사명감은 또 뭘까' 내내 생각하다가 아무래도 나는 사명감이 필요하겠다 싶었다. 일이 돈을 벌기 위한 수단일 뿐이라면 정말 '가져야 할까'라는 물음이 달리긴 하지만 그게 아니라면 사명감은 자신의 삶을 사랑화하는 과정이 분명하다. 자신의 일을 잘 수행하려는 마음가짐. 자신의 일에 최선을 다하는 것. 그저 자신의 일을 사랑하는 일이다.

보통 일을 하는 사람은 하루의 시간 중 '일'하는데 가장 많은 시간을 쓴다. 어쩌면 남은 삶의 시간에서도 가장 많은 시간을 '일'에 들여야 할지도 모른다. 그렇기에 내 삶에 아주 큰 시간을 차지하는 일을 사랑하는 것은 곧 그만큼의 '시간'을 사랑하는 일과도 같지 않을까. 시킨 일이든 자처한 일이든 내 이름을 걸고 하는 일은 그 시간에 내 이름을 붙이는 것. 나의 시간으로 만드는 것이 아닌가 생각해 본다.

생각할수록 사명감은 타인을 위한 태도가 아니다. 내 삶을 풍성하게 채우는, 나를 위한 일이다.

기적의 요정들

아주 어린 시절, 학교를 마친 후 텅 빈 나의 긴 시간들을 책임져줬던 만화들의 마지막 화에는 꼭 그랬다. 주인공이 감당하기 힘든 상대와 마지막 승부를 앞둔 가운데 지난 에피소드에 주인공과 관계를 맺었던 모든 인물들이 각자의 자리에서 주인공을 떠올리며 응원하고 기도하는, 그래서 기적이 일어나고 마침내 주인공이 승리하는 모습. 내 유년기 만화의 마지막 장면들이 나에게 얼마나 내내 인상적이었는지, 지금까지 그 마지막 장면은 나의 이상적인 관계관으로 자리 잡아있다.

그러니까 각 에피소드에서 관계를 맺고 에피소드가 끝나면 다시 서로의 삶을, 모험을 위해 쿨하게 이별하지만 멀리서 힘껏 서로를 응원하는 그런 관계. 당연히, 그들은 모험 중간마다 전화하거나 편지를 하지 않는다. 하지만 '연락도 없는 놈'이라 사이가 소원해졌다며 서운해하지 않는다. 상대를 소유하려 하지 않고 존재 자체를, 함께 한 시간들을 귀하게 여기는 사람들. 그리고 진심으로 상대의 안녕을 바라는 사람들.

나에게도 꼭 만화 속 인물과 같은 친구들이 있다. '오랫동안 보지 못했지만 아주 가끔, 멀리서 내내 응원하고 있다며 메시지를 보내주는 친구들. 이제 나에게도 기적이 일어나는 일만 남았다.

하나용(하루 한 번 나를 활용)

어려서부터 유행하는 옷을 좋아하는, 하지만 이상하게 안 어울리는 친구의 이야기다. 최근 친구는 요즘 추세인 오버핏 코트를 입으며 어떠냐고 내게 묻는다. 연인이었다면 훌륭하다고 했겠지만. 친구의 역할 중 하나가 '솔직한 충고'라고 믿는 나는 대번에 '보기 흉하다.'고 말했다. 곧장 친구는 "그치? 난 왜 이렇게 안 어울리지?" 하며 코트를 벗어냈고 자신도 멋을 부리고 싶은데 당최 자신이 뭘 입어야 할지 모르겠다며 진정으로 자신과 어울리는 스타일을 모르겠다는 것이다.

나는 어려웠다. 나이 서른에 이제 와서 자신과 어울리는 스타일을 모르겠다니. 이십 대라는 십 년의 시간을 보내면서 한껏 꾸며도 보고, 꾸미기 실패도 해보고 했을 텐데 말이다. 그렇게 생각해보니 그 친구는 '그것'을 안 했다. '이 옷 저 옷, 이 스타일, 저 스타일 시도해보고 실패하고 하는 과정을' 자신을 꾸며보는 일을. 체육 교육 관련 일을 하는 친구는 어려서부터 보통 트레이닝복이라 하는 옷을 즐겨 입었고 그 외 옷들은 그때그때 유행하던 옷들을 입었다. 남들이 좋다면 좋은 줄 알고 입는 브랜드와 디자인의 옷들. 자신과 어울리지도 않는데도 말이다. 한참 그런 생각을 하던 중에 "나는 안 되나 봐."하면서 축 늘어진 친구의 모습을 보는데 나는 '자신을 꾸미는 행위의 필요성과 중요성을'을 눈앞에서 목격한다.

그러니까 친구는 평소에도 자존감을 질질 끌고 다녔다. 그뿐만 아니라 자신이 뭘 좋아하는지, 자신이 왜 힘든지도 모르는 날이 많았다. 속 모를 사정들이야 많겠지만 적어도 지금의 순간에는 그 증상들의 원인이 미약하게나마 한데 묶여졌다. '자기 자신을 스스로 활용해 본 적이 적었다는 것.' 자신을 꾸미는 행위는 참 쉽고 편하게 나를 활용해 볼 수 있는 일이다. 만약 친구가 자신을 꾸며보는 행위를 종종 했다면, 거울 앞에서나마 자신이 가진 모습을 활용해 봤다면 자신이 무엇과 어울리는지 그리고 자신에게 어떤 매력과 멋이 있는지 발견했을 것이다. 그렇게 친구는 자기 자신을 조금 더 잘 알게 되고 자신을 더욱 잘 활용하여 자존감도 높아지지 않았을까. 코디라는 아주 사소한 성공을 통해서 느끼는 작은 성취도 보너스로 가져가며 말이다.

'자신을 꾸미는 행위' 더 작게는 '하루에 나를 한 번이라도 활용해보는 일.' 이 사소하고 보잘것없는 시간이 자신을 조금 더 알려주고 자존감을 높여주는 시작일 수도 있겠다. 싶었다.

사랑의 비밀

사랑의 비밀을 하나 알고 있다. 사랑은 존재만으로도 가치를 준다. 우리가 존재할 수 있는 근원이다.

아픔과 성장

몸이든 마음이든 아프기 시작하면 반사적으로 온몸이 치유받고 싶다는 생각밖에 들지 않는지 꼭 나를 치유해주던, 나를 치유할 수 있는 사람들이 생각난다. 그런데 그 사람들이 옆에 없으면 눈물이 날 만큼 외롭기 시작한다. 그런데 이 감정이 외로운 게 아니라 치유를 못 받을지도 모른다는 사실에, 회복될 수 없을 것 같은 절망스러움일 수도 있다는 생각을 했다.

그래도 30년을 살아 그런가, 수 십 번을 아파봐서 아는가, 경험치가 쌓여서 아프면 혼자서라도 뭘 해야 할지 안다. 어떤 일이 일어나도 뭘 해야 할지 아는 것. 나이는 생물학적 노화 지수가 아니라, 경험치의 지수구나. 이것이 나이를 먹는 것이구나. 했다.

사랑의 언어

꽃말에 대해 대화를 나누는 연인이 옆자리에 앉는다. 조금 떨어져 있지만 거의 합석에 가까운 수준이라 나도 같이 꽃말에 대해 생각할 수밖에 없는데, 아무래도 꽃말을 지은 사람은 식물학자도 최초 발견자도 아니라 그저 누군가를 사랑했던 평범한 사람이지 않을까 생각해본다. 나와 세상 유치하게 꽃말, 별말, 구름말을 지으며 장난쳤던 여자를 떠올리며.

인생 기획

시간 가는 줄도 모르고 즐겁게 일을 하다가 문득 지난밤, 일 때문에 힘들어하는 친구에게 일을 더 잘 할 수 있는 방법. 더 멋있게 일할 수 있는 방법을 고민해보자고 한껏 꼰대처럼 컨설팅 해주던 기억이 났다. 늦은 밤, 나는 잘못됐음을 느끼고 늦게나마 메시지를 남겼다. 가장 중요한 것, 즐겁게 일할 수 있는 방법을 함께 고민해 줬어야 했는데.

종종 나는 삶의 목적을 잊어버리고 만다. 나는 왜 사는가. 즐겁게 살고 싶은 것이 아닌가. 그렇다면 고민해야 할 것은 '나의 삶을 어떻게 즐겁게 만들 것인가.'임을 잊지 말아야 한다.

밤의 대화

잠 못 이루는 밤이 많았다. 불 꺼진 깊은 밤은 볼 것이 없어 자꾸 내 안을 들여보게 되어 그런지, 소음을 지운 세상은 지나치게 조용해 내 마음의 소란만 들려 그런지.

물론, 내 안을 들여다보는 행위나 마음속의 소란을 듣는 행위 자체 때문에 잠을 못 이루는 것은 아니었다. 내 안을 들여다보면 꼭 감당하지 못할 그리움이 있었기 때문에, 마음속 소란의 소리 가운데 사무치게 낯익은 목소리가 있는 까닭에. 나는 잠들지 못했다.

어쩌면 나는 그리운 누군가와 더 대화하고 싶었는지도 모르겠다. 비록 대화의 내용이 줄기차게 서로의 안녕을 바라는 일이라 해도. (2019)

정한빛 〈빛과 새벽〉 음원 앨범 소개 中에서.

여행의 이유

여행을 가고 싶다. 친한 형이 장비가 두 개씩 있다고 같이 백패킹을 떠나자 했을 때도 다음 달에 일본을 갈 거라고 몇 가지를 물어보는 친구의 전화를 받았을 때도, 참 같이 가고 싶다고 말했다. '여행 가고 싶다.' 한겨울 '추워'라는 말처럼 의미 없이 자꾸 나온다. 그렇게 여행을 가고 싶으면 가면 되지 않는가. 하지만 해야 할 것들이 많다. 이런 말에는 '떠나고 싶을 때 떠나야 한다, 돈이 없거나 시간이 없다는 말은 핑계다. 만들어서 가면 된다, 어쩌면 지금이 가장 좋은 시기다, 하고 싶은 건 해야 한다, 지금 할 일이 많다고? 나중엔 할 일이 더 많아진다.'라는 수많은 말들이 아주 약이다.

다 좋은 말이지만, 다 알고 있지만, 떠나지 않는 것은 지금 여행을 떠난다 해도 여행지에서 '일' 생각을 할 것이 뻔하기 때문이다. 장소만 바뀌었지 머릿속으로는 일을 할 것이기에. 어쩌면 바뀐 장소가 날 더 힘들게 할지도 모른다. 적어도 그건 내게 여행은 아니다. 나는 환경의 변화가 아닌 진짜 여행을 가고 싶다. 모든 것을 끝내고 날 구속하는 것들을 다 집어던지는 잠깐의 시간. 나의 여행에 가장 매력적인 것은 떠나는 것이 아니라 돌아올 곳이 있다는 것에 있다. 그러니까 지금 나는 잠깐의 틈이 필요한 것이다.

타인의 미래를 위하여

"선생님, 선생님 같이 독립출판을 하는 작가분들이 많아요? 저희 아버지가 그랬는데 글 쓰는 직업을 가지려면 문예창작학과를 가야 한다던데."

작년 글쓰기 수업에서 문예창작학과를 가고 싶어 하는 한 고등학생의 물음이었다. 아이는 시가 무엇이고 문학은 무엇이고의 질문에 서슴없이 대답할 정도로 많은 고민의 흔적을 보인 친구였는데 자신은 도무지 입시라든지 공모라든지의 스타일로 글을 쓰고 싶지 않다고, 스트레스를 받는다고 했다. 그런 아이의 질문에 몇 개의 생각이 들었는데 첫 번째로는 '나보다 훨씬 어려서 요즘 매체에 밝을 텐데 독립 출판을 전혀 모르는구나.'였고 두 번째로는 '아버지는 그렇다 쳐도 학교 선생님마저 글 쓰고 싶어 하는 이 아이에게 다양한 길을 제시해주지 못하는구나'라는 교육의 안타까움이었고, 세 번째로는 '내가 하고 있는 일에 별눈을 띄우는 아이를 보며 나뿐만이 아니라 지금 독립출판을 하는 작가들이 제법 사회적으로 가치 있는 일을 하고 있구나.'라는 것이었다.

어느 작가는 요즘 젊은 친구들을 딱히 부러워하진 않지만 부러운 것이 있다면, 좋은 문화를 일찍 접하고 있다는 것이었다. 아이들이 좋은 문화를 일찍 접하는 건 정말로 좋은 일이고 다행스러운 일이다. 그리고 개인적으로 정말 기쁜 것은 나도 그 좋은 것, 좋은 문화가 만들어지는데 분명하게 거들고 있다는 것이다.

아마 이 아이는 독립출판을 할 것이다. 그리고 아이의 미래를 생각하며 이런 생각을 해 봤다. 다른 사람의 미래를 위해서 노력하는 사람이 되고 싶다는 생각을.

믿음의 기쁨

지금껏 굳이 타인을 실망시키며 살아왔다. 기본값이 낮은 상태에서의 나는 무엇을 해도 자유로웠기에. 그러다가 잘해버리는 날은 의외의 결과에 선물 같은 효과로 타인에게 기쁨을 주니 이만한 효율 좋은 자세도 없었다. 단 누군가에게 신뢰 얻기를 포기한다면 말이다. 요즘, 내가 서른이 넘어 삶이 어렵고 힘든 것은 지금껏 취했던 자세를 고쳐, 한 번도 써본 적 없는 근육의 자세로 삶에 서 있기 때문이다.

요즘의 나는 간절히 누군가에게 신뢰를 주고 싶고 공신력 있는 사람이고 싶다. 타인의 기준에 맞추는 것은 아니지만 타인의 기대를 받고 싶고 그것을 감당하고 싶다. 이 모든 것이 낯설기에 두렵고 그래서 신중하기에 나는 날마다 우유부단하다. 그리고 이 우유부단함 속에서 명멸한 내 진심을 믿어주는 이들이 생겨난다. 신기하고 감사하다. 타인을 실망시키며 살아오던 시절에 때때로 내가 그토록 서러웠던 것은 나를 믿어주는 사람이 없어 그랬을지 모른다. 나를 믿어주는 사람이 있다는 것이 이토록 기쁜 일이었는지. 나는 오랫동안 이 기쁨을 모르고 살았다.

즐거움의 확장

언젠가 친구들과의 술자리에서 삶의 만족도가 가장 높은 시간이 언제인지 이야기하는 시간을 가졌다. 나는 가만 생각하다가 친구들에게 '미안하지만'으로 시작해서 애인과 노는 시간이 가장 즐겁다고 말을 이었던 기억이 있다. 아마 나의 대답에 친구들은 적잖이 섭섭했을 수 있다. 언제나 우리는 연애는 애인, 일은 동료, 노는 것만큼은 친구가 제일이라는 한마음이었기에. 작은 배신감이 들었을지도 모른다.

그렇다고 친구들과의 만남이 즐겁지 않은 것은 아니다. 친구들은 지금의 내가 아닌 소년의 나로 되돌려주는 유일한 사람들이다. 진실로 허물없이 웃고 장난치고 나눌 수 있는 가족과 연인으로 대체될 수 없는 존재들. 그들과는 길을 걷기만 해도 여전히 즐겁다. 그런데도 요즘 연인과의 시간이 더 즐거운 것은 아마 내가 바뀌어서 그럴지도 모른다. 세밀하게는 내가 만족하는 즐거움의 기준이 현재에서 미래까지 확장된 것이다.

과거의 나는 현재, 지금만 즐거우면 됐다. 내일이 어떻게 되든. 조금 과격하게 말하면 언제 죽을지도 모르는 인생 지금의 순간을 즐기는 것이 최고의 미덕이었다. 그런 생각을 가졌기에 만나면 아무 걱정 없고, 공통된 즐거움도 가진, 정말 지금 순간에만 몰입하게 만들어주는 친구들과 노는 것이 가장 즐거웠다. 물론, 지금도 누군가와 함께 순간을 즐기는 것은 내게 아주 중요한 가치이다. 하지만 요즘 나는 누군가와 함께 순간을 즐기는 것 이상으로, 내가 즐길 미래의 순간들을 누군가와 함께 계획하는 즐거움이 좋다. 그러니까 즐기는 즐거움

더하기 계획하는 즐거움이랄까. 예를 들면 앞으로 '어디에 살 것인지, 그렇다면 어떻게 살 것인지, 살림은 어떻게 하며, 뭘 하며 살 것인지, 뭘 먹고 살 것인지' 같은. 삶의 설계. 여태껏 외로이 나 혼자 해 온 숙제 같던 일을 누군가와 같이 고민하고 디자인하니 놀이가 된 것이다.

재미있다. 아주 먼 미래까지 바라보는 일은. 수십 년 뒤의 계획은 지금껏 현실성이 없었지만 지금은 현실적인 이야기다. 수십 년 뒤에 내 옆에 있는 사람을 알기 때문에. 이 즐거움을 여태 나는 몰랐나, 아니면 알았지만 크게 즐거움을 느끼지 못한 것일까. 나는 요즘 내 삶을 풍성하게 해 주는 이 현상을 즐거움의 확장이라 말한다.

친구와 동료들과 좋은 시간을 보내는 건 그것대로 좋다. 하지만 한편으로 내 삶을 공유하는 사람이 또 내 삶을 어떻게 조립하고 있을지 못 참게 궁금하다. 친구와 동료들과 좋은 것을 경험할 때 그 순간도 좋지만 내 삶을 공유하는 그녀에게 달려가서 알려주고 싶다. '이거, 엄청 좋아! 우리 삶에 이거 추가하자.' 같은 마음으로.

“Lover or friend or baby or enemy or teacher or business partner or ...”

사랑의 크기

공간은 시간을 수집하며 부피를 키우고, 사랑은 우리를 수집하며 부피를 키운다.

사랑해

우리는 자주 '사랑해'라고 말하지만 사실, 단 한 번도 같은 의미의 사랑해는 없었다. 매번 다른 계기와 순간으로 일어나는 사랑. 순간의 감동, 순간의 연민, 책임, 평안, 설렘 그 밖의 그 사람으로부터 밖에 느낄 수 없는 수많은 '순간'의 여러 감정들. 우리는 이 수많은 순간의 감정들을 사랑이라고 밖에 부르지 못한다. 사랑으로 엮여있어, 사랑밖에 몰라서. 그러다 한 번도 말하지 않았던 의미의 사랑해를 떠올린다. 잠들어 있는 사람의 모습을 보며. 존재만으로 느껴지는 감동 같은 것으로.

서문(序文)2

꿈을 아주 많이 꾸었다. 어느 날은 이어지는 꿈을 꾼 적도 있었다. 그런 날은 꼭 어떤 소설처럼 꿈이 현실인지 현실이 꿈인지 분별이 어려웠다.

여기에 모인 글들은 대개 자기 전, 자다 깨서, 자고 일어나서 쓴 글이다. 그런 와중에 하필 은유를 좋아하여 나는 이제 이 글들이 꿈인지, 실제였는지, 허구인지 판단하기가 아주 어려워져 버렸다.

꿈인지, 실제인지, 창작인지도 모르는 글들을 모아 엮으면서 이 모든 것들이 나의 사유(事由)라는 것을 느낀다.

나의 아름다운 사유(思惟), 아름다운 사유(私有)이다.

2019년 8월 이광호.

2

생일

내 생일 기념으로 가족끼리 여행을 가기로 했다. 생일 하루 전, 나는 들뜨고 즐거워 아버지에게 매달렸다. 아버지는 짜증과 함께 부담스럽게 왜 그러냐 물었다. 가끔 이런 말에 나는 깊은 생각에 빠진다. '부담은 상대에게 잘 해주고 싶은 자신이 없음에서 비롯되는 것이 아닌가. 내가 기대한 것들이 아버지가 감당하지 못할 것들인가, 나는 지금껏 아버지에게 큰 걸 바란 적 없는데 아직도 내가 언제, 무엇에, 왜 기뻐하는지 모르는 것인가. 순간 기대한 내가 미웠다. 나는 왜 자꾸 사랑을 확인받고 싶어 하는가. 또 말을 뜯어가며 예민하게 굴고 있구나 싶었다.

생일 저녁은 부산에서 보내기로 했는데 오늘은 경주를 간다. 혹시 경주가 나와 관련 있나 싶어 왜 경주를 가냐 물었더니 그냥 아버지 당신이 경주가 좋다고 하신다. 아버지의 차에서 서류더미가 보인다. 나는 설마 아버지 이번 여행에서 일을 하시려고 그러냐 물었다. 아버지는 절대 아니라고 한다. 그냥 나중에 시간 날 때, 볼거리로 가져왔다고 했다. 아버지의 대답은 정말 내 시간을 뺏지 않을 것이기에 아니라고 했겠지만 나의 질문은 굳이 내 생일 여행 때, 일 거리를 왜 가지고 왔냐라는 것이다. 마감이 있는 급박한 업무도 아닌데 말이다. 나는 기분이 상했지만 입을 닫았다. 그럴 수밖에 없었다. '내 생일인데 내게 집중해줬으면 좋겠다고, 서류더미, 일거리 말고, 나를 좀 봐달라고 처연하게 사랑을 구걸할 것 같아서.

새

모두가 자신의 존재를 어떻게든 알리고 싶어 한다. 어제 아침에는 노래를 부르며 자신의 존재를 알리는 새를 봤고 오늘 밤 뉴스에는 나무를 부수면서 세상에 자신의 존재를 알리는 새를 보았다.

팔로워

언젠가 북페어에서 책을 열심히 팔고 있었다. 누군가 내게 다가와 반갑게 인사를 한다. 누구인가 아무리 생각을 해도 기억이 나지 않는다. 그는 자신을 모른다며 화를 낸다. 우리는 지난 어디선가 반갑게 만나서 인사를 했다고 한다. 그는 나의 책을 던지고 떠났다. 나는 그가 던진 책을 파본 상자에 담았다.

잠시 후에 다른 사람이 다가와 인사를 한다. 아무리 생각해도 처음 보는 사람이다. 우리는 서로 인스타그램 친구라고 한다. 그는 나의 책을 집어 들고, 신간이냐 묻는다. 나는 최대한 성실하게 대답해줬다. 그는 씁쓸한 미소를 지으며 떠났다. 나는 그가 두고 간 책을 다시 진열했다. 잠시 후 인스타그램 팔로워 1이 줄었다.

많은 사람이 다녀갔다. 잠시 후 또 누군가가 내게 아주 반갑게 인사를 한다. 혼란스러웠다. 누구인지 모르겠지만 나도 반갑게 아는 척을 했다. 그는 나를 시인이라고 부르며 지금의 만남을 아주 기뻐했다. 그는 나의 모든 책을 하나하나 집어 들며 물어봤다. 나는 기쁜 마음으로 성실하게 대답해줬다. 나의 설명을 들은 그는 그렇다면 이게 독립출판이냐 묻는다. 나는 그렇다고 대답했다. 그는 어이없다는 표정을 남기고 사라졌다.

북페어가 끝나고 참가한 모든 사람에게 수고했다고 인사를 했다. 집에 돌아오니 인스타그램 팔로워 10이 줄었다. 그리고 잠시 후 새로운 팔로워 10이 늘었다. 나는 무서웠다.

자랑대회

나를 알고 있는 사람들에게 자랑하고 싶을 만큼 기쁜 결혼 소식을 알리기 위해 나는 자랑대회에 참가했다.

나는 많은 사람에게 박수를 받았고 이 기세라면 결혼식에 많은 사람의 축복이 들어간 트로피까지 가져갈 수 있겠다고 생각했다. 의기양양하며 무대에서 내려온 내게 한 친구가 걱정스러운 눈빛으로 말했다.

-아직, 어떻게 될지도 모르는데, 결혼 공개는 왜 했어. 결혼은 현실이야, 식장 들어갈 때까진 모르는 거야.

나는 당황하며 대답했다.
"나는 단지, 사람들에게 내 인생에서 가장 중요한 결심을 자랑하고 싶었을 뿐인데... 기특하다고 나를 자랑스러워해 줄 것 같아서."

그러자 자랑대회 스태프가 코웃음을 치며 말했다.
-보통 어린애들이 그래요, 경솔한 거죠. 괜찮아요. 모두가 다 저처럼 생각할 테니.

나는 그의 비웃음 섞인 말에 화가 나 다시 말을 이었다.
"공개하든 비공개를 하든, 그녀는 내 삶에서 숨겨질 수도 지워질 수도 없는 존재예요. 그녀는 내 삶이자, 역사란 말이에요. 설령 당신이 걱정하는 일이 일어난다 해도 내가 그녀를 사랑하지 않았던 건 아니니까, 내 역사가 변하는 일은 없어요. 나는 그녀를 사랑했고 결혼하기로 결심한 사람입니다."

나의 단호한 말에 다른 친구 한 명이 말을 이었다.
-아니, 인생은 모르는 거라니까? 무슨 일이 일어난다고 쳐, 그럼 다른 사람은 안 만날 거야? 안 좋은 딱지 붙은 사람을 누가 좋아하겠어.

나는 그들의 말들에 현기증이 나기 시작했고 계속 듣고 있다간 쓰러질 것 같아, 마지막 말을 남기고 그 자리를 떴다.

"그걸… 걱정해야 하는 거야? 나는, 지금 그녀와 평생 함께하기로 결심을 했다고 무슨 일이 일어나도 말이야. 그게 나의 결혼의 결심이고, 나는 그저 지금 내 삶을 사는 것뿐이야."

시간이 지나고 나는 자랑대회의 결과를 듣게 되었다. 나의 순위는 꼴찌였다.

요즘 사람들

밥 먹을 시간이 되었지만 아이는 밥 먹기 싫다며 온 동네를 뛰어다녔다.

그러자 아이의 아빠는 아이를 쫓아, 온 동네를 따라다니면서 아이의 입에 밥을 일일이 먹여 주었다.

그 모습을 본 아이의 할아버지는 아이의 아빠가 한심하다며 그를 쫓아, 온 동네를 돌아다니며 내버려 두어야 한다고, 육아는 그렇게 하는 게 아니라고 끊임없이 그의 귀에 잔소리를 일일이 먹여 주었다.

사람들은 그 동네의 이름을 요즘 동네라 불렀다.

컵

친구의 책상에 있는 커피를 보며 물었다.
"컵에 있는 커피 마셔도 돼?"

그러자 친구가 아닌 컵이 대답했다.
-내 안에? 커피가 있어?

가끔 말하는 사물을 본 적이 있던 나는 별 놀라움 없이 컵의 말에 대꾸를 했다.
"응, 커피 있는데?"

오히려 컵이 놀라며 말했다.
-무슨 소리야, 내 안에는 유리밖에 없어"

나는 컵이 멍청한 것 같아, 다시 천천히 설명해주었다.
"아니, 그러니까 네가 지금 커피를 담고 있잖아. 거기가 네 안 아니야?"

그러자 컵이 나를 멍청한 사람 보듯이 훑으며 말했다.
-경계의 기준이 도대체 어떻게 된 거야? 여기가 어떻게 내 안이야? 그냥 오목한 내 모양이지. 그리고 나는 커피를 담고 있지 않아 오목한 부분의 살과 커피가 닿아 있을 뿐이야."

결혼식

푸른 잔디가 있는 곳이었다. 신부는 아름다운 웨딩드레스를 입고 있었다. 나는 비디오 찍어주는 친구와 담배를 태우며 원하는 느낌 이야기를 하는 것 같다. 결혼식이 시작되었다. 나는 결혼식장 뒤로 보이는 철제 구조물이 마음에 들지 않는다. 비디오를 찍는 친구가 열심히 비디오를 찍는다. 결혼식이 한창 진행되는데 나는 사진 촬영 작가를 부르지 않았음을 뒤늦게 알았다. 나는 이 중요한 결혼식의 모습을 사진으로 남기지 못함을 억울해했다. 하객들과 인사를 하고 친구가 찍어준 비디오를 확인했다. 결혼식장 뒤로 보이는 철제 구조물이 내 결혼식을 다 망친 것 같았다. 친구의 비디오 촬영 솜씨도 엉망이었다. 뭘 찍었냐고 친구에게 화를 냈고 친구는 비디오카메라를 집어던졌다. 이제 내 결혼식에 대한 기록물은 전혀 없는 것이다. 결혼식을 다시 하고 싶다. 식권을 회수해보려 하지만 불가능하다. 결혼식을 기다리고 꿈꿔온 신부에게 미안했다. 그런데 신부는 아무렇지도 않았다.

부모님

비가 오면 부모님은 일터로 나가지 않으신다. 비가 오면 일이 없는 그런 일을 하시기에. 오전 내 집에서 빈둥거리시다가 옷가지를 챙겨 입으시길래 어디 가시냐 물었더니 일터에 가신다고 하셨다. 일터에 가 봤자 일도 없을 텐데 왜 일터에 가시냐 했더니 집에서 빈둥거려봤자 답답하기만 하고 밖에 나가고 싶은데 어디 갈 곳도 마땅치 않아 바람 쐬러 일터에 가신다고. 나는 쉬는 날 마땅히 갈 곳도 없는 두 분이 안타까워 내가 한턱 쏠 테니 어디 재미있는 곳이라도 가자 했다. 하지만 부모님은 고개를 저으며 "네가 한턱 쏴봤자 대출받아서 쏘는 걸 텐데, 괜찮다" 하신다. 평생을 대출받아 나를 길러내신 두 분을 아는 나로서는 억울하기만 했다.

정상

-아…거참 사람들, 줄 좀 서지

산 정상에 있는 큰 돌이 난감한 얼굴로 중얼거리고 있길래 돌의 고충을 알 것 같은 나는 격려를 해주었다.
"야, 돌아 너 진짜 피곤하겠다. 이해해라 우리나라 어른들 카카오톡 프로필 사진 바꿔야 해서 그래."

나의 말에 반가워하며 돌이 대답했다.
-어어, 나는 괜찮아. 다 이해하고 있다고.

서로 돌을 끌어안고 사진을 찍으려는 어른들을 보며 나도 모르게 한숨이 나와버렸다.
"참 한심하지 어른들, 멋진 풍경보다 정상 글자 써진 네가 뭐가 그리 대단하다고 힘들게 올라와선 고작 너랑만 사진을 찍고 내려가니 말이야, 어른들은 진짜 중요한 걸 몰라."

나의 말에 돌이 그런 게 아니라는 듯 황급히 말을 이었다.

-야야, 너야말로 어른들을 이해해라. 이분들은 쉬지 않고 오르기만 했어. 이젠 목적지에 무사히 도착한 것을, 자신들의 성취를 축하하고 자신의 걸음을 상징할 수 있는 기록물을 간직할 자격이 충분하다고. 너는 젊으니까 아직 등정의 축하보다는 나아가야 할 더 넓은 경치가 눈에 들어오는 것뿐이야. 언젠가 너도 멋진 풍경보다 멋진 성취를 축하하는 날이 올 거야.

호텔

친구의 촬영을 위해 최고의 호텔 중 한 곳에 왔다. 로비에 들어서기도 전에 호텔 벨맨이 우리의 짐을 들어주겠다고 환영했지만 반사적으로 고개를 숙이며 괜찮다며 극구 사양을 했다. 호텔 벨맨은 당황한 듯 보였고 오히려 내가 그에게 무안을 준 것 같았다. 괜한 죄책감에 나는 다시 그에게 몇 개의 짐 중에 하나의 짐만을 부탁하며 감사하다는 인사를 조금 과하게 해버렸다.

호텔 로비에 들어서자 중년의 외국 여성이 팝을 부르고 있었다. 그녀의 노래는 익숙했으나 모르는 노래였다. 그녀를 둘러싸고 커피를 마시는 사람들은 아무도 그녀를 신경 쓰지 않고 있었는데 나는 그녀가 배경음악으로 이용되고 있는 듯한 모습이 꽤 거북했다. 호텔은 크고 화려했다. 호텔에 있는 사람들은 모두 느리게 움직였으며 바쁘게 움직이는 사람들은 유니폼을 입은 사람들뿐인듯했다. 한 직원이 우리를 체크인 대기 장소로 안내했다. 그러니까 체크인 데스크에 줄을 서는 것이 아니라 앉아 있으면 직원이 오겠다는 것이었다. 그리고는 곧장 다른 직원이 우리에게 낮은 책상에 맞춰 무릎을 꿇으며 오렌지 주스를 내주었다. 우리는 아직 호텔에 아무런 돈도 내지 않았는데 말이다.

체크인을 도와주기로 한 직원이 오기 전에 나는 거북한 속을 달래러 로비를 나갔다. 그 길목에 내가 잘 아는 작가의 작품이 놓여있었고 나는 눈인사로 안부를 전했다. 다시 체크인 대기 장소로 돌아왔을 때, 호텔 벨맨보다 직급이 높아 보이는 다른 직원이 우리의 짐을 객실로 옮겨 주겠다며 아까보다 훨

씬 더 정중하게 손짓하고 있었는데, 그의 소매엔 튀어나온 실밥이 하나 있어 빨리 정리하려는 것 같았다. 하지만 이 정도 짐은 충분히 괜찮다며 친구는 극구 사양했고 직원은 세례 받지 못한 노인의 얼굴을 하고 물러났다.

이어서 한 직원이 체크인을 도와주기 위해 왔다. 정보 설명과 안내보다는 간단한 카드의 강도(强度) 테스트를 해주는 시험관 같았다. 다행히 우리는 별일 없이 테스트를 통과했고 객실을 배정받았다. 우리는 객실로 향했고, 객실에 올라가는 길에 아는 사람들을 많이 만났다. 아빠가 자주 무시하던 남자들과 엄마가 부러워하던 여자들. 그들에 대한 이야기를 워낙 많이 들어 잘 알고는 있지만 아무래도 부모님과 사이 안 좋은 분들인 것 같아 인사는 않았다.

우리는 간단히 짐을 객실에 두고 촬영을 위해 호텔 곳곳을 배회했다. 그러다 로비에서 노래를 부르던 중년의 외국 여성을 만났다. 나는 박수 한번 받지 못한 그녀를 아무래도 그냥 지나칠 수 없어서 아까 로비에서 노래 잘 들었다고 인사를 건넸다. 하지만 그녀는 외국어인 나의 말을 이해하지 못했고 나 역시 그녀의 외국어를 이해하지 못했다.

친구와 나는 해가 질 때까지 물 한 모금 마시지 않고 촬영을 했다. 호텔은 구석구석 좋지 않은 부분이 없었는데 너무 좋아버리니까 위화감이 들고 오히려 상당히 불편하게 다가왔다. 거기다가 이토록 좋은 곳에서 비싼 돈을 내고 즐기질 못하니 눈이 부어오르기 시작했다. 그때쯤 눈이 빨갛게 부은 어린 여자 직원이 지나갔다. 나는 그녀의 붓기가 왠지 나와 같은 증상일 것 같다는 생각이 들어 그녀에게 말을 걸었다. 그녀는 무언가 다행스러워하는 내 얼굴을 보고는 소스라치게 놀라면서 도망을 갔다. 나는 그녀를 위로하고 오해를 풀기 위해 그녀를 따라갔고 나에게서 위협을 느낀 그녀는 내게 조형물을 던졌다. 나는 조형물에 머리를 맞았고 죽게 되었다.

친구는 다급했고 호텔은 노련했다. 경험이 없던 친구는 경험 많은 호텔에게 나를 양도했다. 호텔에서 아주 힘 있어 보이는 간부가 왔다. 그는 나의 부모님이 뭘 하는지, 내가 어디 사는지 물었다. 하지만 죽은 나는 대답을 할 수 없었고 대답을 들을 수 없다는 사실을 알게 된 간부는 내게서 흥미를 잃었다. 내게 조형물을 던진 그녀는 경찰로 연행됐고 나는 병원으로 연행됐다. 그녀와 내가 나란히 연행되자 곧바로 호텔의 카펫은 나의 피와 같은 색으로 교체되었다. 그리고 모든 투숙객은 무료 숙박권을 선물 받았다.

개미와 베짱이

언젠가 화가 잔뜩 나 있던 개미와의 대화이다.

“개미야, 왜 그렇게 화가 나 있어?”

-더 이상 베짱이와는 못 지내겠어

“베짱이가 일하지 않는 것 때문에 그래?”

-아니, 일하지 않는 게 문제가 아니야. 베짱이는 쓸모없는 것들을 하면서 자신이 대단한 무엇을 하고 있다고 착각하고 있어, 저런 병에 걸린 놈과는 같이 살 수 없어.

“그것이 쓸모없다는 건 어떻게 알아?”

-베짱이가 하는 일이 쓸모 있다면 지금쯤 무언가를 보여줬겠지!

“그 무언가가 뭐야?”

-당연히 식량이나 옷, 집 같은 거 아니겠어?

“베짱이가 하는 일의 결과가 식량이나 옷, 집 같은 게 아닐 수도 있잖아.”

-그러니까 쓸모없다는 거야.

“베짱이에겐 쓸모 있을 수도 있잖아”

-그러니까 그런 허상에 빠진 베짱이가 한심하다는 거지.

“어쩌면 베짱이도 너를 한심하다고 생각할지 모른다는 생각이 들어”

-내가? 식량이나 옷, 집 같은 것들을 만들어 내고 있는데도? 너는 이것들이 중요하지 않다고 생각하는 거야?

"당연히, 중요하지"

-그럼 베짱이는?

"한심하지만 다른 중요한 걸 만들어 내고 있을 수 있잖아."

-그게 뭔데?

"글쎄, 식량이나 옷, 집 같은 것 말고 다른 것들 아닐까?"

-그렇다고 쳐, 그럼 식량이나 옷, 집 같은 건 중요하지 않아?

"중요하지"

-그럼 베짱이는?

"듣고 보니 한심하네."

병원

애인의 질타로 병원을 찾았다. 아무리 아파도 회복되겠거니 하며 내 몸을 믿는 나로서는 썩 가볍지 못한 걸음을 했다. 병원은 시간이 이상하게 흘러가는 곳이다. 치료받는 시간보다 치료받기 위해 기다려야 하는 시간이 더 긴. 의사보다 환자들을 더 오래 봐야 하는. 드디어 의사와 마주할 시간이 되었다. 의사는 나를 함부로 주무르고 간호사는 나의 가장 부끄러운 곳에 주사를 꽂는다. 주사를 맞고 나오니 아픈 사람들이 자신의 차례를 기다리고 있다. 1분도 안 되는 의사와의 인터뷰를 치료라고 이해하긴 어렵고 내 가장 부끄러운 곳에 꽂은 주사가 치료쯤 되려나. 나는 어디가 왜 아픈지도 모르고 중심을 잃은 채 병원을 겉돌며 약국으로 향했다.

꽃

언젠가 내가 좋아하는 꽃과 대화에 성공한 적이 있었다.

-너는 내가 왜 좋아?

"당연히 예쁘니까 좋지"

-그런 대답 싫어, 나보다 예쁜 게 얼마나 많은데!

"너보다 예쁜 건 없어, 걔넨 걔네대로 예쁜 거고 너는 너대로 예쁜 거고."

-어쨌든! 나중에 늙고 시들면 안 좋아한다는 말이잖아!

"늙고 시들면 또, 늙고 시든 대로 예쁠 거야."

-지금은 콩깍지가 씌어서 그런 거야! 나는 그런 대답 싫어.

"네가 싫어도 어쩌냐, 나는 네가 예뻐서 좋은데."

-뭐가 그렇게 예쁜데

" 존재 자체가 예쁘지. 뭘 안 해도, 뭘 안 갖춰도. 너무 예뻐서, 보고 있으면, 같이 있으면 기분이 좋아져. "

-뭐야, 그럼 왜 예쁜 건데

"그건, 나도 모르지. 네가 예쁜 걸 왜 나한테 물어."

생일2

어제를 길게 늘이고 싶지 않아 일찍 잠들었다. 빨리 내 생일이 오길 바랐다. 엄마의 말대로 어제는 내 생일이 아니었으니까. 그리고 생일 아침이 됐다. 엄마는 일어나지 않았다. 생일의 반을 또 집 구석에서 보내겠다. 지난밤 새벽 5시에 깼을 때, 엄마는 드라마를 보고 있었다. 얼마나 늦잠을 잔 건지 깨울 수도 없다. 도대체 내 생일을, 내 생각을 어떻게 하는지 궁금해 묻고 싶지만 저녁에 뭔가를 준비한 것 같아. 엄마의 준비를 망치고 싶지 않아 조용히 책을 읽는다.

우는 남자

서럽게 울고 있는 남자에게 왜 우냐 물었다.

그는 처음 본, 한 여자에게 사랑을 느꼈고 그녀와 일주일간 여행을 즐겼다고, 하지만 그 여행 이후로 여자는 자신을 떠났다면서 서럽게 울었다.

그의 주변 사람들은 남자와 여자가 함께한 시간이 일주일밖에 되지 않고, 남자는 사실 그 여자에 대해 잘 알지도 못하는 것 같은데 왜 그렇게 남자가 서럽게 우는지 이해하지 못했다.

남자의 울음이 그치질 않자 사람들은 남자와 여자에게 일주일 동안 무슨 일이 있었기에 저리 서럽게 우는 것인가 심각하게 궁금해했다. 하지만 남자는 울기만 할 뿐, 아무런 대꾸를 하지 않았다.

어쩔 수 없이 사람들은 우는 남자의 사연을 자기들끼리 상상하기 시작했다. 그리고 자신들끼리 공유하며 타당성을 매겨가면서 확장시켰다.

사람들은 남자가 울음을 그치고 누구의 이야기가 진실에 가까운지 말해주길 기다렸다. 남자는 그런 분위기를 알고 있었지만, 결코 어떤 말도 꺼내지 않았다.

그러던 어느 날 집으로 편지 한 통이 도착했다. 그 남자에게서 온 편지였다. 내가 남자를 찾으러 갔을 땐 그는 이미 사라진 뒤였다.

편지의 내용은 이러했다.

'저는 그저 한 여인을 사랑했었습니다. 일주일이라는 시간이 사랑을 느끼기에 짧을지도 모르겠지만 사랑했었나 봅니다. 사람들은 제 울음의 이유를 궁금해합니다. 하지만 저는 그들에게 제 사랑을 설명할 길이 없습니다. 사람들은 제게 '왜 자꾸 우냐' 묻습니다. 하지만 그 말은 저를 너무 나약한 사람으로 만듭니다. 저의 사랑을 너무 하찮게 만들어 버립니다. 그래서 더는 그러한 말을 듣지 않게 저도 속 시원하게 제 이야기를 설명하고 싶지만 제 이야기는 영화 같은, 드라마 같은 이야기가 없습니다. 그렇기에 사람들은 이해하지 못할 것 같습니다. 저는 제 사랑을 설명할 수가 없고 저는 제 하찮은 사랑을 지키고 싶어, 떠나려 합니다. 그동안 감사했습니다.

싸움과 화해

소음 하나 없는 카페에서 여자가 남자에게 화를 낸다. 남자는 화를 내지 않고 카페를 나간다. 여자는 앞 의자에 걸쳐있는 남자의 옷을 바라본다. 남자는 오지 않고 여자는 남자의 겉옷만 바라보며 울기 직전이다. 하지만 울지 않는다. 남자는 밖에서 담배를 피우며 카페로 들어가지 않는다. 오랜 시간이 지나고 여자는 남자의 겉옷을 챙겨 카페를 나간다. 남자와 마주친다. 남자와 여자는 서로 끌어안는다.

아버지에 대한

정말 수많은 사람들이 모인 곳이었다. 아버지는 사람들을 내려다보며 그들이 아는 것이 없다며 군림하듯 무시하고 비난하며 자랑하고 있었다. 나는 아버지를 향해 제발 아는 척 좀 그만하라며 아버지의 민낯을 많은 사람들 향해 소리 질렀다. 아버지는 네가 어떻게 나한테 그럴 수가 있냐 하는 표정으로 화를 내시었고 이내 자리를 뜨셨다. 다음날 아버지가 돌아가셨다.

줄리와 로마

줄리는 애인이 있었고 로마는 약혼자가 있었다. 줄리는 로마가 평생을 꿈꿔온 이상형 같은 사람이었고 로마는 줄리가 좋아 할 만한 매력을 모두 가진 사람이었다.

그들의 첫 만남은 로마가 줄리에게 말을 걸었을 때 시작되었다. 줄리는 로마와 만날 수 있는 기회를 계속 만들었고 로마는 줄리가 계속 보고 싶었다.

하지만 로마는 이성을 유지하며 줄리를 밀어냈고, 밀어내는 로마의 모습에 줄리도 이성을 찾았다.

줄리는 다시 자신의 애인과, 로마는 자신의 약혼자와 만남을 가졌지만 줄리는 자신의 애인과 비교되는 로마를 잊을 수 없고 로마 역시 약혼자와 있어도 줄리 생각이 떠나질 않았다.

그렇게 서로를 그리워하다 줄리는 장난스럽게 자신의 마음을 로마에게 고백했고, 줄리의 고백으로 참았던 마음이 터져버린 로마는 마침내 줄리를 찾아갔다.

여기까지 이야기를 듣던 한 친구는 바람은 아닌 것 같다 하고 다른 친구는 바람인 거나 다름없다 한다.

-

서로의 마음을 진실되게 고백한 밤. 로마와 줄리는 분위기와 술에 가득 취했고 줄리는 로마에게 깊은 밤을 함께 있자고 말했다. 하지만 로마는 약혼자를 생각해서 그럴 수 없다 거절했고 그저 오늘 밤을 기억하며 살자고 줄리에게 아름다운 이별을 전했다.

하지만 로마의 마음을 확인한 줄리는 로마를 향한 생각을 멈출 수 없었고 로마 또한 줄리를 그리워했다.

각자 애인과 약혼자들이 있음에도 서로를 그리워하는 날이 반복되자 괴로움을 찾을 수 없던 로마는 다시 한번 줄리를 찾아갔다.

여기까지 이야기를 듣던 한 친구는 아무런 일도 일어나지 않았으니 바람은 아니라 하고 다른 친구는 이미 바람이나 마찬가지라 한다.

-

로마와 줄리는 강을 걸었고 많은 이야기를 했다. 줄리는 로마와 미래에 대해 이야기를 했고 로마에게 안겼다. 로마는 줄리를 끌어 안지 않았지만 그렇다고 뿌리치지도 않았다. 줄리와 얼마간의 시간을 함께 보낸 로마는 '좋은 꿈을 꾸었다고 생각하자' 말하며 영영 이별을 말했다. 그러자 줄리는 울었고 로마는 줄리에게 입을 맞췄다.

그날 이후 로마는 줄리를 차단했고 약혼자와의 일상으로 돌아갔다. 하지만 줄리는 밤마다 술을 마시며 로마에게 전화를 했다. 시간이 지나도 로마가 계속 전화를 받지 않자 줄리는 다른 사람의 전화로 로마에게 전화를 했고 로마가 전화를 받자 화를 내며 통곡을 하였다. 줄리가 걱정된 로마는 줄리가 있는 곳으로 찾아갔다.

여기까지 이야기를 듣던 한 친구는 잠을 잔 것도 아니니 바람으로 볼 수 없다 하고 다른 친구는 애초에 바람으로 봐야 한다 했다.

-

로마가 줄리에게 도착했을 때, 줄리는 로마에게 안겼다. 줄리는 일행에게 로마를 소개했다. 자신이 짝사랑하는 사람이라고. 그리고 로마에겐 약혼자가 있다는 것도. 그곳엔 줄리를 짝사랑하던 사람도 있었다. 줄리는 내내 울었고 로마는 줄리의 집으로 향했다. 줄리는 집 앞에서 로마에게 키스했고 로마는 줄리를 안았다. 줄리는 로마에게 섹스를 하자고 말했다. 로마는 거절했다. 줄리는 애원했다. 그렇게라도 로마의 마음을 돌리고 싶었거나 오늘이 정말 마지막이라면 그렇게라도 로마에게 기억되고 싶었을 것이다. 기어코 로마와 줄리는 서로에게 들어갔다. 다음 날 로마와 줄리는 손을 잡았다.

로마는 이제 약혼자와 줄리 중 선택을 해야 했다. 하지만 약혼자에 비해 줄리의 사랑 모양은 불확실했다. 로마는 그런 줄리에게 확신을 요구했다. 하지만 확신 주는 방법을 모르는 줄리는 그저 사랑만을 이야기할 뿐이었다. 로마는 지금까지의 모든 삶을 포기할 만큼 줄리의 사랑이 자신과 같이 크고, 순수한지 확신이 필요했고 그런 로마의 검증이 질린 줄리는 로마를 떠났다. 로마는 줄리를 따라가지 않았다.

여기까지 이야기를 듣던 두 친구는 바람이라며 맞장구를 치며 로마와 줄리를 욕했고 바람의 비극에 대해서 이야기했다.

-

그로부터 아주 많은 시간이 지나, 로마와 줄리는 장난으로 한 약속의 장소에서 운명같이 재회했고 서로의 오해와 마음을 확인하며 손을 잡았다. 지금은 로마도 줄리도 소식을 알 수 없지만 아마 어디선가 잘 살고 있을 것이다.

여기까지 이야기를 듣던 한 친구는 말을 잃었고 한 친구는 불같고 낭만적인 사랑 이야기였다고 했다. 우리는 이 짧은 이야기에서 많은 것을 배제했다고. 두 주인공 사이에 존재했을 친절과 존중, 배려, 연민, 동경, 진실, 운명, 순수, 온정, 관용, 위로, 이해 그리고 사랑. 또, 두 주인공의 애인과 약혼자 간에 존재했을 슬픔, 외로움, 고독, 권태, 외면, 폭력, 무시, 거짓, 희생을.

담배

손에 든 담배에게 말을 걸었다.
"요즘 너를 너무 많이 먹었더니 건강이 안 좋아진 것 같아."

담배는 억울한 표정으로 대답했다.
- 나는 네 건강을 해친 적이 없는데… 왜 나 때문에 건강이 안 좋아진 거지..?

나는 억울해하는 담배가 황당해, 소리쳤다.
"너… 아직도 모르는 거야? 너는 건강을 해치기 위해 만들어진 존재야, 나쁜 것들로만 만들어졌다고! 넌!"

담배도 소리쳤다.
-건강을 해치기 위해 만들어진 존재라니, 말이 심하네. 네 말대로 내가 나쁜 것들로만 만들어졌다고 해도 나는 그저 스스로 존재했을 뿐! 나는 나쁘지 않아. 네가 나를 섭취함으로써 나빠지는 거지. 나를 섭취하는 것은 너 자신이야! 그러니까 나쁜 건 너라고!

자신을 미화하려는 담배가 얄미워 더 날카롭게 이야길 했다.
"그래, 그래 근데! 너는 중독성이라는 걸 가지고 있어! 너는 존재함으로써 나를 부르고 있지! 사악하게 말이야!"

화가 난 담배는 자신을 하얗게 태우며 말했다.
-사악?! 듣다 보니 너는 내 존재 자체를 악으로 규정하고 있네? 너무 기분 나쁘다. 그런 식으로 대할 거면 우리 다신 만나지 말자. 나는 아쉬운 것이 없어.

나는 무언가 잘못되었음을 크게 느끼고 담배를 잡았다.

"아니 아니, 야야! 잠깐만! 안돼! 나는 아직 너 없이 안돼, 미안해 내가 잘못했어, 일단 돌아와, 그렇게 생각 안 할게, 제발 돌아와 줘, 나는 네가 필요해. 네 생각이 짧았어!

-것 봐, 넌 나 없으면 안 되는데 어떻게 내가 악이라는 거야? 꼭 스스로 존재할 줄도 모르는 것들이 선과 악을 운운한단 말이야.

담배는 천사 같은 얼굴로 나를 용서해주었다.

벤츠

아버지가 평생의 꿈인 외제 차 벤츠를 샀다. 우리 가족은 축하와 기념을 했다. 나는 아버지가 자랑스러웠다. 나는 아버지를 닮고 싶었지만 어린 나에게 세상은 쉽지 않았다. 나는 힘들었고 넘어졌고 울었다. 사람들은 나를 다독이며 걱정하지 말라 한다. 그래도 아버지의 차가 벤츠이지 않냐고 말한다. 나는 어리둥절했다. 사람들은 아버지에게 가서 일으켜 달라고 말하라 한다. 나는 그들의 말대로 아버지에게 가서 일어날 수 있는 힘을 달라고 한다. 하지만 아버지는 벤츠를 사느라 힘을 다 썼다고 말한다. 나는 힘이 필요해서 힘을 얻을 수 있는 곳을 게걸스럽게 배회했다.

시간이 지나 내가 온갖 상처를 갖고 힘겹게 일어섰을 때 사람들이 말했다. 역시 아버지 차가 벤츠라고.

합리화들

한 남자가 군중들에게 둘러싸여 있다. 나는 둘러싸인 사내가 누구인지도 모르면서 군중들 사이로 비집고 들어갔다. 사람들은 남자에게 삿대질하고 있었다. 남자는 무언가 잘못한 듯 보였다. 남자는 울었다. 사람들은 운다며 삿대질을 했다.

남자의 울음소리를 듣고 더 많은 사람이 모였다. 새로 온 군중들은 삿대질하던 사람들을 둘러싸고 남자를 괴롭힌다며 삿대질을 하였다. 나는 뭔가 잘못됐음을 느꼈다. 조금 전까지 울던 남자는 용기 내어 자신에게 삿대질한 사람들을 한 명씩 죽이기 시작했다. 둘러싸인 사람들은 공포에 휩싸였다. 나는 조심스럽게 지금의 폭력을 지적했다. 그는 더 이상 울지 않았고 자신의 살인에 대해 설명했다. 남자를 위해 달려온 군중들은 그의 살인을 이해했다. 나는 그것은 자기합리화라고 꾸짖었다. 그는 내게 "그렇다면 네가 합리적이란 말이냐"라고 말하며 나를 죽였다. 그는 군중들에게 소리쳤다. "자기합리화하는 녀석을 처단했다!"

사과

포도를 먹기 위해 보라색 냉장고 문을 열었다. 포도를 집어 들려 하는데 옆에 빛나는 사과 하나가 보인다. 사과는 주인이 없어 보였다. 하지만 사과를 먹는 건 이 세계에서 불법이었다. 나는 사과를 그대로 두었고 보라색 냉장고 문을 닫았다. 하지만 종일 자꾸만 사과가 생각났다. 한 달이 지나도 사과는 그 자리에서 빛나고 있었다. 냉장고를 열어본 사람들은 모두 사과를 동경하기 시작했다. 나 역시 언제나 먹지 못하는 사과 생각뿐이었다.

그러던 어느 날 내가 냉장고를 열었을 때, 사과가 말했다. 나를 기다렸다고. 나는 사과의 말에 참지 못하고 사과를 먹었다. 사과는 이 세상 그 어떤 과일보다 맛있었다. 냉장고에서 사라진 사과의 소식을 알게 된 사람들은 난리가 났다. 어느 몇몇은 자신들이 사과를 먹었다고 사과의 맛에 관해 설명하며 과시하기도 했다. 진짜 사과 맛을 아는 나로서는 웃길 뿐이었다.

시간이 지나고 사과를 먹는 것이 합법이 되자 냉장고는 사과로 가득 찼다. 하지만 하나같이 사람들은 사과의 맛에 실망했고 과일 중 제일 맛없는 과일이라 했다. 나는 그럴 리가 없다며 과거에 빛나는 사과를 먹은 범인이 나라고 진짜 사과의 맛을 설명했다. 하지만 사람들은 과거의 빛나는 사과의 맛까지 형편없었을 거라 말한다. 사람들은 나를 비웃었고, 일주일이면 상해버리는 사과를 더 이상 냉장고에서 찾아볼 수 없었다.

4월 16일의 기도

우리는 자주 엮고 묶어냈다.
잃고 싶지 않아서
의미가 되고 싶어서

오늘 아침 언젠가 엮어냈던 그것을 봄의 나무에 걸었다.
오랜 밤 동안 외로웠을 나무와 우리가 되기 위함이었으리라
엮어내는 사이 모은 두 손은 기도의 모양을 하고 있어
사실 우리가 엮어내는 것들은 마음인 거라고

누군가 내어 놓은 아픔의 숨을 마신다.
그 숨에 나는 슬픔의 숨을 더해 낸다.
내 파리한 숨이 다시 누구에게로 갈진 모른다.
우리는 숨으로 엮여서 봄의 나무 앞에 선다.

그해 봄 태어난 별들이
이따금 나무 가지가지에 앉아
부디 편히 쉬길 바라며.

모르는 여자 둘

나는 전혀 알지 못하는 곳에 있었다. 몸을 움직여 아래층으로 내려갔을 땐 한 젊은 청년이 나를 예전부터 알고 있었던 것처럼 반겨주었다. 하지만 그는 내가 작가라는 사실을 몰랐다. 그에게는 여동생이 있었다. 그녀는 방금 자다 일어난 모습이었다. 그녀는 잠을 더 잘 거라며 나를 껴안고 침대에 누웠다. 나는 당황했다. 오빠라는 남자는 대수롭지 않게 집을 나선다. 여동생은 내가 좋아하는 타입이 아니지만 매력적이었다. 나는 잠이 오지 않았고 움직이지 않았다.

곧 그녀의 친구가 왔다. 나를 관심 있게 봤다. 여자가 깨자 그녀의 친구가 '이 사람은 누구야?'라고 물었다. 여자는 뭐라고 했는데 나에게 들리지 않았다. 그녀의 친구 역시 상당히 매력적이었다. 나는 설레었고 그녀의 친구를 자주 쳐다봤다. 그때마다 눈이 마주쳤다. 나는 그 친구라는 여자와 둘만 있고 싶었다. 하지만 곧 여자의 오빠가 왔다. 뭘 했는지 기억은 안 나지만 우리는 기분이 좋았고 제법 친해졌다.

다음 날, 나는 무엇을 기대했는지 모르겠지만 다시 아래층으로 내려갔다. 청년과 여동생은 없었고 여동생의 친구라는 여자만 있었다. 나는 설레었다. 그녀의 옷차림은 상당히 가벼웠고 얼굴은 민낯이었다. 그녀는 내게 많은 질문을 던졌고 나와 함께 있는 것을 즐거워했다. 그녀와 함께 있는 공기가 예민하게 피부로 다 느껴졌다. 그런데 왠지 그녀는 나를 어렵게 대하는 것 같았다. 나는 그 어려움이 또 좋았다.

곧 청년의 여동생이 왔다. 오늘은 어제와 달리 카리스마 있는 옷을 입고 화장도 했다. 어제보다 더 매력적이었다. 그녀는 자신의 친구 앞에서 마치 나의 애인인 듯 행동했다. 내게 적극적이었고 나라면 결혼도 할 수 있을 거라 했다. 비혼주의자였던 그녀의 말에 나는 마음이 요동쳤다. 그러면서 또 나는 친구라는 여자의 눈치를 봤다. 그녀는 알 수 없는 표정을 지었다. 셋이 함께 있는 시간에는 보통 여동생이라는 여자가 주조를 이루었다. 나와 친구라는 여자는 맞장구를 쳤다. 그러면서 또 자주 눈을 마주쳤다. 나는 그 눈맞춤이 키스보다 좋았다.

나는 친구라는 여자를 더 알고 싶었다. 그녀도 나를 더 알고 싶어 하는 눈치였다. 곧 여자의 오빠가 왔다. 이제 갈 시간이라고 말한다. 나에게는 좋지 않은 소식이었다. 친구라는 여자와 조금 더 있고 싶었기에. 여동생과 친구라는 여자는 나에게 놀러 오라며 이야기하고 공간에서 사라졌다. 나는 그곳이 어딘지 몰랐지만 가고 싶었다. 그녀들의 초대에 못 이기는 척 남자에게 장소를 물으니 나를 그곳에 데려다주었다. 공연장 같은 곳이었고 많은 사람들이 있었다. 남자의 여동생이 무대에 있었다. 조금 전 보다 더 매력적인 모습이었다. 곧 친구라는 여자도 등장했는데 한눈에 반할 만큼 매력적인 모습을 하고 있었다. 그녀들은 춤을 췄는데 그곳에 있는 사람들이 모두 열광했다. 나는 그녀들이 어떤 춤을 췄는지 기억하지 못했지만 나에게 전하는 언어라고 착각했다.

나는 이 시간이 지나면 더 대담해져야겠다고 다짐했다. 화려한 두 여자에 비해 보잘것없어 보이는 내가 거울에 비친다.

나도 그녀들 못지않은 능력과 매력이 있다고 스스로 최면하며 무엇인지 모르겠지만 그것들을 어필해야겠다고도 생각했다. 나는 남자를 따라서 무대 뒤편으로 갔다. 그곳에서 무엇인지 모를 나의 능력과 매력을 보여줘야지 생각했다. 두 여자에게 열광하는 사람들 사이에서가 아닌 그들과 다른 그녀들의 공간으로 갈 수 있다는 사실이 특별하기만 하다. 빨리 친구라는 여자가 있는 곳으로 가고 싶었다. 그녀와 함께 있을 때 느껴지는 예민한 공기 한 알 한 알을 다시 느끼고 싶었다.

나와 남자가 그녀들이 있는 공간에 갔을 땐 내가 생각한 것들을 할 수 없을 것 같았다. 그곳은 아주 복잡하고 바빴다. 나는 직감적으로 그곳엔 내 자리가 없음을 느꼈다. 나는 내 자리가 없는 곳에선 일어나야 하는 관성을 가지고 있다. 더군다나 그곳에서 나의 목적인 여자도 없었다. 내게 주어진 시간이 얼마 없음을 느낀다. 박제하고 싶을 만큼 좋았던 여자와의 시간을 반복할 수 없을 것 같다. 특별히 한 것도 하지 않은 것도 없지만 나는 깊은 후회를 한다.

철로의 꽃

수원에서 서울 가는 철로에는 꽃이 잔뜩 피어있다. 마치 창을 보는 승객을 위해 누군가가 심은 듯. 어른들은 쓸데없는 곳에 돈을 쏟아부었다고 한다. 나는 쓸모 있는 곳은 그럼 어디냐 묻는다. 철로의 꽃 너머 아파트가 잔뜩 피어 있다.

사랑에 대해

어떤 가수가 사랑 이야기를 쓰지 않는다고 했어. 그런데 그 이유가 '남는 거니까.'라는 거야.

나는 그게 그렇게 비겁해 보인 거야. 흔적 없이 사랑하고 혹시 남을 흔적을 두려워하는 그가. 사랑의 태반은 시간이야. 과거의 사랑을 부정하면 그 시간마저 삭제되는 거야. 어차피 삭제될 시간이고, 부정될 사랑이라 생각하면 지금 환희로 가득 찬 내 모습이 너무 우스워지는 거지. 그래서 나는 꼭 사랑을 하면 시를 써. 나 역시 남기려는 건 아니야. 하지만 가수의 말처럼 시는 나보다 오래 남을지도 모르지. 하지만 상관없어. 나는 그저 사랑을 기억하고 싶어. 내 삶을 여백으로 두고 싶진 않아. 첫 번째 것이 선행되지 않는다면 두 번째 것은 존재할 수 없어. 이것은 공리야. 사랑도 마찬가지라는 말이지. 나는 계속 사랑을 쓸 거야. 그리고 나를 인정할 거야. 생에 사랑은 꼭 하나여야 되는 건 아니니까. 첫 번째 사랑으로 두 번째 사랑이 다시 태어날 거야. 이런 사랑이 지저분한 사랑은 아니라 믿어. 그리고 사랑이 꼭 성스럽고 거룩해야만 하는 것도 아니잖아.

어떤 여자가 그랬어 내게 자신은 휴게소일지도 모른다고. 어쩌면 그럴 수 있다고 생각해. 하지만 목적지보다 휴게소가 더 기억에 남는 여행도 있는 법이야. 그러니까 그녀는 너무 슬퍼할 필요 없어. 나도 그녀에게 너무 미안해할 필요 없지. 오히려 기억 못 하는 쪽은 방문객이 아니라 휴게소일 수도 있으니까.

나는 가수와 달리 사랑을 쓸 거야. 계속 사랑하고 활자로서 형태를 계속 그려낼 거야. 그리고 고쳐 사랑할 거야. 그렇게 사랑을 완성할 거야.

1부 사진들

P.25

Photograph by simpleinsomnia – Little boy kisses a woman. (2016)

P.51

Photograph by simpleinsomnia – Wreaths and flowers at a gravesite (2016)

P.83

Photograph by simpleinsomnia – Man jumping off of a high dive (2015)

P.105

Photograph by simpleinsomnia – Man and women play fighting (2016)

P.110

Photograph by leegwangho– Wife's back (2019)

2부에 사용 된 원작들

P.125

fresnaye – landscape ferte soud jouarre (1911)

P.143

max ernst – the kiss (1927)

P.153

malevich – aeroplane flying (1915)

P.167

malevich – two male figures (1932)

P.185

fresnaye – seated man (1914)

읽어주셔서 감사합니다.
덕분에 글을 씁니다.

01 이 시간을 기억해

02 내가 나를 간직할 수 있도록

03 우리는 영원을 만들지

04 아름다운 사유

05 흰 용서

06 사랑의 솜씨

07 구원의 대답은 그럼에도

아름다운 사유

초판 1쇄 발행	2019년 8월 24일
4쇄 발행	2022년 1월 20일
글	이광호
발행인	이광호
편집	이광호
디자인	이광호
펴낸곳	별빛들
출판등록	2016년 8월 10일 제 2016-000022호
이메일	lgh120@naver.com

ISBN 979-11-89885-09-0
ISBN 979-11-89885-08-3 (세트)

「이 도서의 국립중앙도서관 출판예정도서목록(CIP)은 서지정보유통지원시스템 홈페이지(http://seoji.nl.go.kr)와 국가자료종합목록 구축시스템(http://kolis-net.nl.go.kr)에서 이용하실 수 있습니다. (CIP제어번호 : CIP2020004701)」

• 잘못 인쇄된 책은 구입처에서 바꾸어 드립니다.
• 책값은 뒤표지에 있습니다.